악몽을 먹고 자란 소년

고문영 동화

위즈덤하우스

소년은 오늘도 끔찍한 악몽에서 깨어났어요.

잊고 싶은 과거의 나쁜 기억들이 매일 밤마다 꿈속에 다시 나타나서 소년을 계속해서 괴롭혔죠.

잠드는 게 너무나 무서웠던 소년은 어느 날, 마녀를 찾아가 애원했어요.

"마녀님 제발… 다시는 악몽을 꾸지 않게… 제 머릿속에 든 나쁜 기억을 모두 지워주세요!
그럼 당신이 원하는 걸 뭐든지 드릴게요!"

세월이 흘러 어른이 된 소년은 더 이상 악몽을 꾸진 않았지만 어찌된 일인지 조금도 행복해지지 않았어요.
붉은 보름달이 뜨던 밤 소원의 대가를 받기 위해
드디어 마녀가 다시 그 앞에 모습을 드러내자 그는 원망 어린 목소리로 외쳤어요.
"내 나쁜 기억은 모두 지워졌는데 왜! 왜 난 행복해지지 못한 거죠?"

그러자 마녀는 약속대로 그의 영혼을 거두며 이렇게 말했어요.
"아프고 고통스러웠던 기억… 처절하게 후회했던 기억… 남을 상처 주고 또 상처받았던 기억…
버림받고 돌아섰던 기억… 그런 기억들을 가슴 한구석에 품고 살아가는 자만이
더 강해지고, 뜨거워지고, 더 유연해질 수가 있지. 행복은 바로 그런 자만이 쟁취하는 거야.

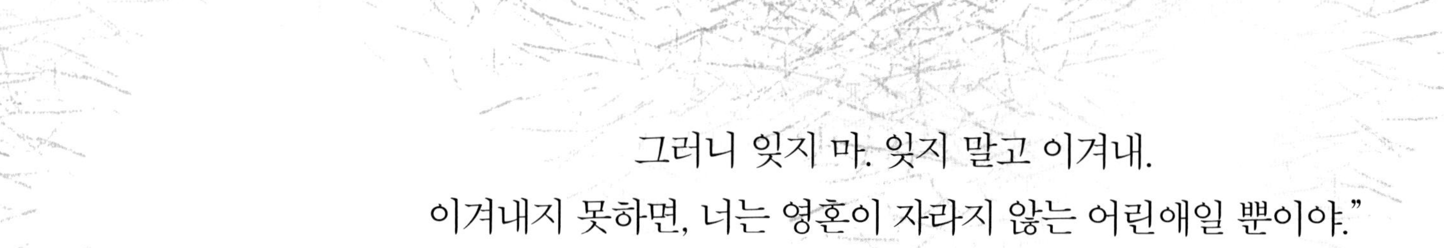

그러니 잊지 마. 잊지 말고 이겨내.
이겨내지 못하면, 너는 영혼이 자라지 않는 어린애일 뿐이야."

글 | 조용

드라마 〈저글러스〉 〈사이코지만 괜찮아〉 대본을 썼다.

그림 | 잠산

콘셉트 디자이너 및 일러스트레이터로 활동하고 있으며 드라마 〈남자친구〉 〈사이코지만 괜찮아〉 등에 삽화를 그렸다.

사이코지만 괜찮아 특별 동화 1
악몽을 먹고 자란 소년

초판 1쇄 발행 2020년 7월 20일 **초판 18쇄 발행** 2024년 6월 13일

글 조용
그림 잠산
펴낸이 최순영

출판2 본부장 박태근
스토리 독자 팀장 김소연
책임 편집 곽선희

펴낸곳 ㈜위즈덤하우스 **출판등록** 2000년 5월 23일 제13-1071호
주소 서울특별시 마포구 양화로 19 합정오피스빌딩 17층
전화 02) 2179-5600 **홈페이지** www.wisdomhouse.co.kr

ISBN 979-11-90908-15-3 04810
979-11-90908-25-2 (세트)